DAVID MCPHAIL

ÉDOUARD DANS LA JUNGLE

David McPhail

Édouard dans la Jungle

BAYARD JEUNESSE

Pour Tris et Kathy,
Howard et Tracy,
Lee et Rachel,
Hector et Marilyn,
et leurs merveilleux enfants.
Avec amour,
D.

Édition originale publiée sous le titre *Edward in the Jungle*
par Little, Brown and Company, New York, USA.
© 2002 David McPhail

Tarzan ® est une marque déposée de Edgar Rice Burroughs, Inc.

© 2002 Bayard Éditions Jeunesse pour la présente édition
ISBN : 2 7470 0657-3
Dépôt légal : septembre 2002
Imprimé par *Partenaires-Livres* ®
Loi 49-956 du 16 juillet 1949 sur les publications destinées à la jeunesse

Édouard adorait lire, surtout les récits d'aventures.
Et les aventures qu'il préférait, c'était celles de Tarzan,
seigneur de la jungle.
Tarzan avait été élevé par des gorilles, et il était devenu leur chef.
Tous les animaux aimaient et respectaient Tarzan (sauf les crocodiles).
Chaque fois que Tarzan les appelait, ils accouraient
de toute la jungle pour l'aider.

Édouard avait une collection d'animaux, les mêmes que ceux
qui vivaient dans la jungle de Tarzan (sauf le zèbre ; Édouard
l'avait perdu). Un jour, Édouard emporta ses animaux dans
la jungle, au fond du jardin.

Il les installa autour de lui, il s'allongea confortablement
et se plongea dans un nouvel épisode des aventures de Tarzan.

Édouard était si captivé par sa lecture
qu'il ne remarquait pas ce qui se passait autour de lui...

Quand il leva enfin les yeux, il découvrit un énorme crocodile
qui avançait dans sa direction.

Le crocodile bondit sur lui à la vitesse de l'éclair ; mais, au même instant, Édouard fut soulevé dans les airs par Tarzan en personne ! Et, déjà, il s'élançait d'un arbre à l'autre dans les bras de Tarzan, accroché à une liane.

Quand ils furent à bonne distance du crocodile, Tarzan atterrit
sur la branche d'un gros arbre et déposa Édouard en douceur.
– Je vais te montrer comment appeler à l'aide si tu as un problème,
lui dit-il. Il bascula alors sa tête en arrière et poussa le cri le plus
puissant qu'Édouard ait jamais entendu ; un appel tonitruant, dont
l'écho retentit jusqu'au plus profond de la jungle.

Aussitôt, les branches de l'arbre se peuplèrent
de toutes sortes d'oiseaux, de singes, de serpents et de félins.

Un immense éléphant accourut au pied de l'arbre.
Il fut vite entouré de tous les animaux qu'Édouard avait rencontrés
dans ses livres. Tarzan leva un bras, et les animaux firent le silence.
– Je vous présente notre nouvel ami, annonça-t-il.
Je vous demande de veiller sur lui !

Tarzan agita la main, et les animaux disparurent en un clin d'œil.
Tarzan dit à Édouard : – Je dois aller libérer un hippopotame
qui s'est embourbé. Attends-moi ici !
Il attrapa une liane et s'éloigna d'un bond.

Édouard regarda autour de lui. Il remarqua un léopard qui guettait,
accroupi sur une branche. Juste sous cette branche se tenait
une petite antilope. Édouard se pencha en avant pour avertir
l'antilope sans attirer l'attention du gros félin.

Édouard chuchota : – Pstt ! Sauve-toi ! Sauve-toi vite !
Mais il s'était penché trop bas. Il glissa, dégringola sous le regard effaré
du léopard, et, pouf ! il tomba à califourchon sur le dos de l'antilope.

Prise de panique, l'antilope détala, Édouard fermement accroché
à son cou. Elle galopa à toute allure le long de la rivière, sautant
par-dessus les obstacles et traversant les buissons comme une flèche.

Soudain, l'antilope s'arrêta net, et Édouard fut projeté en avant.
Il atterrit sur la mousse tendre de la berge, à l'endroit même
où il avait échappé au crocodile.

Le crocodile était toujours là, mais il était ligoté !
Deux hommes étaient en train de le charger sur leur canot.
« Bien fait pour lui, pensa Édouard, ce crocodile n'est pas mon ami. »

Mais Édouard se ravisa. Ce crocodile était peut-être méchant ;
il ne méritait tout de même pas d'être ainsi arraché
à sa rivière natale. Édouard avança d'un pas.
– Laissez-le tranquille ! cria-t-il aux deux hommes.
Les chasseurs levèrent les yeux et, en voyant Édouard,
ils éclatèrent de rire.
– Et, sinon, que vas-tu nous faire ? lança un des hommes.
– Voilà ce que je vais vous faire ! répondit Édouard.
Il prit une grande inspiration et essaya de pousser le cri
que Tarzan lui avait appris.

Mais il ne sortit de ses lèvres qu'un petit couinement aigu.
Alors Édouard fit une deuxième tentative. Et, cette fois-ci,
un appel puissant s'échappa de ses poumons et résonna
dans toute la jungle.
Les deux hommes ne riaient plus du tout. Et dans le silence
qui suivit, on entendit soudain des battements d'ailes
et des claquements de sabots.

Immédiatement, les arbres se remplirent de toutes sortes de créatures,

et les deux hommes se trouvèrent encerclés par les animaux.

– Maintenant, vous allez le laisser partir, ce crocodile ? lança Édouard.
Les chasseurs lâchèrent le crocodile – splash ! –, grimpèrent
dans leur canot et s'éloignèrent à grands coups de pagaie.
Édouard détacha les liens du crocodile.

L'énorme bête plongea dans la rivière et fila sans un mot
de remerciement.
– Tu as fais une bonne action, dit Tarzan en atterrissant
à côté d'Édouard.

Ensemble, ils regardèrent le crocodile s'éloigner.
Édouard aperçut alors le toit de sa maison
au-dessus des arbres, sur l'autre rive.
Il reconnut la fenêtre de sa chambre,
avec ses rideaux aux motifs de jungle.

Édouard leva les yeux vers Tarzan.
— Si j'avais un canot, dit Tarzan,
je te conduirais chez toi.

À ce moment précis, le crocodile effectua un demi-tour
et se dirigea vers Édouard.
– Je crois qu'il veut t'aider, dit Tarzan.
Édouard s'installa sur le dos du crocodile.

Le crocodile se mit à nager, et bientôt Édouard bondissait
sur la rive opposée.
Il se retourna pour remercier le crocodile, mais celui-ci
avait déjà disparu sous l'eau.

Tandis qu'il regagnait sa maison,
Édouard crut entendre au loin le cri de Tarzan.
Mais ce n'était que son papa qui l'appelait pour dîner.